한국 희곡 명작선 24

조르바 '빠' 들의 불편한 동거

한국 희곡 명작선 24

조르바 '빠' 들의 불편한 동거

국민성

평민사

굳긴성

조르바
'빠'들의 불편한 동거

등장인물

오교수(59/男) : 오지성. 동주의 아버지. 경영학과 교수.
오대양(79/男) : 동주의 할아버지. 전직 여행코스개발전문가.
오동주(37/男) : 시나리오작가 겸 영화감독. 독신주의자.
최외박(17/男) : 동주가 군 복무시절 외박으로 얻은 아들.
멀티女(45/or 男) : 박예쁜(리빙 헬퍼) , 배우 등 다양한 역할.

무대 설명

방 세 개, 거실, 부엌, 안방에 달린 화장실과 공용 화장실이 있는 40평형 아파트.
부엌은 거실 안쪽에 있어, 정면에서는 드러나지 않는 구조로 처리하는 것이 편리할 듯하다. 거실에는 책장, 소파, 텔레비전 정도 놓여있다.
책장엔 다른 책들과 함께, 『희랍인 조르바』 양장본 케이스가 두 개 꽂혀 있다.

이하 무대는 작품을 참조하되 연출의 재량에 맡긴다.

1장. 거실 (낮)

오대양, 오른쪽 약지에 골무를 끼고 미니기타를 연주하고 있다.
동주, 기지개를 켜며 방에서 나온다.
창가로 가 창밖을 바라보다 소리친다.

동주 아무것도 바라지 않는다! 아무것도 두렵지 않다!! 난 자
유롭다!!!

오대양, 기타연주에만 열중하고 있다. 하지만 그의 행동에선
허세를 엿볼 수 있다.

동주 정말 대단하지 않아요. 인간이 어떻게 이럴 수 있냔 말
이에요. 우리는 늘 뭔가를 바라면서 살라고 배웠어요.
갖고 싶은 걸 갖기 위해 싸우라고만 배웠어요. 싸움에
서 질까봐 늘 두려워하며 살아야 하고, 그래서 자유롭
지 못하죠. 물론 소설에서나 가능한 삶이죠. (오대양 본
다) 안 그래요? (대꾸가 없다. 다가가 툭툭 친다)

오대양 (찡그린다) 감히 할애비가 아트 중인데 방핼 해!

동주 제 얘기 들으셨잖아요.

오대양 아트 할 때는 천둥번개가 쳐도 못 듣는다고 말한 것 같

7

은데.

동주 예~ 혹여 들린다 해도 신경 안 쓰신다는 말씀도 하셨죠. 그 대단한 정열 때문에.

오대양 알면서 왜 훼방을 놔!

동주 포기하세요, 할아버지. 오대양은 그냥 오대양이에요. 아무리 흉내 내봤자, '희랍인 조르바'가 될 순 없다구요.

오대양 흉내? 조르바는 산토르를 연주했고, 난 만도린을 연주하고 있어.

동주 산토르를 구할 수만 있었다면 산토르로 흉내 내고 계셨겠죠.

오대양 어디서 옆집 개가 짖느냐!

동주 제 나이 서른일곱입니다.

오대양 일흔아홉 할애비 앞에서 수염 세냐?

동주 정열과 따라쟁이 정돈 구분할 줄 아는 나이라구요.

오대양 네 아버진 뺑은 없던데, 그 점은 날 닮은 모양이다.

동주 오늘은 데이트 안 가세요?

오대양 너 세상과 단절하고 있는 동안에, 두 타임이나 뛰었다.

동주 세 시간 동안 두 사람을 만나 데이틀 하셨다구요?

오대양 한 사람하곤 차 마시고, 다른 사람하곤 밥 먹고.

동주 진~짜 궁금해서 그러는데요…, 할머니들 만나면 뭐하세요?

오대양 나의 거~얼(girl)들이 할머니라고 단정하는 이윤 뭐냐? 내가 일흔아홉이라서?

동주	정정하겠습니다. 걸(girl)들 만나서 뭐하세요?
오대양	넌? 넌 걸 만나서 뭐하는데?
동주	밥 먹고 차 마시고 영화도 보고… 또…
오대양	손잡고 키스하고 잠은 안자냐?
동주	할아버지도 참~
오대양	조르바 가라사대! 살아 움직이는 심장을 가진 사나이, 푸짐한 언어를 쏟아내는 입과, 위대한 야성의 영혼을 가진 사나이, 아직 대지의 젖줄에서 떨어져 나오지 않은 사나이…
동주	그대는 희랍인 조르바!
오대양	브라보!
동주	할아버지, 우리요… 아버지 계실 땐 조르바 조짜도 꺼내지 말자구요.
오대양	왜?
동주	안 그래도 불편한 동거, 조르바 때문에 더 불편해질까봐 그러죠.
대양	왜?
동주	아 놔. 아버진 희랍인 조르바를 경멸하시잖아요.
오대양	그렇게 단정하는 이유는?
동주	무책임하고 이기적인 사람을 제일 싫어하니까.
오대양	희랍인 조르바가 무책임하고 이기적이라고? 내가 볼 때, 그 누구보다도 이해심 많고, 책임감이 있는 걸.
동주	물론 자기 인생에 있어서만큼은 그렇죠. 하지만 주변

사람들에겐요? 주변 사람들도 그렇게 생각했을까요?

오대양 조르바의 삶은 자유 그 자체였지. 보통의 남자들에겐 혁명적으로 여겨질 만큼. 그것이 가능했던 이유는 자기 생각을 행동으로 옮겼기 때문이야. 누가 돌을 던질 수 있을까.

동주 오지성 교수님요.

오대양 아직 멀었다, 넌.

동주 예?

오대양 우리 셋 중 희랍인 조르바를 가장 닮은 사람은 네 아버지야.

동주 아버지가 할아버지랑 저보다 더 자유로운 영혼의 소유자라구요?

오대양 물론이지. 다만 환경 때문에 스스로를 틀 속에 가둔 채 살고 있을 뿐.

동주 절제와 통제, 책임과 의무, 예절과 체면만 중시하시는 오지성 교수님이요?

번호 키 누르는 소리.

동주 (허둥대며) 저 작업 중이에요. 방해하지 마세요. (도망치듯 자기 방으로 간다)

오대양 방해는 지놈이 해놓구선.

오교수 (들어서며 오대양을 지나쳐 방으로 가려 한다)

오대양 빨리 죽어야지.

오교수 (힐끔 본다)

오대양 멀쩡하게 살았어도 유령 취급 받는데 살아 뭐하누?

오교수 (대꾸도 않고 방으로 간다)

오대양 (꼬르륵 소리. 들으라는 듯) 아들, 손자 있음 뭐하누. 내일 모레 팔순인 영감 밥 한 그릇 챙겨주는 놈 없는데… 에고 죽어야지, 죽어야… (오교수 방으로 들어가고 나면 속삭이듯) 동주야!

동주 (살짝 문을 열며) 아버지는요?

오대양 (고개 짓으로 오교수의 방을 가리킨다)

동주 (꼬르륵) 자장면 시켜 드려요?

오대양 모처럼 요리왕 흉내나 내봐라.

동주 요리왕이 아니라 요리신.

오대양 제목이 글렀어. 요리왕으로 했음 터졌을 텐데….

동주 영화 걸기 전에 말씀해 주셨어야죠, 조르바 빠, 아니 따라쟁이님.

오대양 니 아버지 나온다.

동주 (도망치듯 부엌으로 간다)

오대양 (씨익 웃는다)

오교수 (옷 갈아입고 나와 부엌으로 간다)

오대양 (엉거주춤 막아서며) 왜?

오교수 (뚱해) 물 마시려구요.

오대양 내가 갖다 주마. 피곤할 텐데, 앉아 쉬렴… 얼른. (끌어

가다시피 해 소파에 앉히고 물 가지러 간다)

오교수 (불편하다)

오대양 (물 가져와 건네주며) 고등학교 동창 아들이라며?

오교수 예.

오대양 신부 친구들 중에 동주 짝 할만한 처자 없니?

오교수 요새 백수한테 시집 올 아가씨가 어딨어요?

부엌에서 그릇 떨어지는 소리 들린다.

오교수 동주 집에 있어요?

동주 (앞치마 두르고 머리를 긁적이며 나온다)

오교수 상암동 안 갔어?

동주 상암동?… (화들짝) 어, 그게…

오교수 (버럭) 안 간 거야?

오대양 동주 방금 크레타 섬 다녀왔다. 희랍인 조르바 작가 카잔차키스 무덤에.

오교수 아무것도 바라지 않는다, 아무것도 두렵지 않다, 난 자유다!! 남의 묘비명에 새겨진 글귀를 마치 자기 생각인 양 읊었겠죠.

동주 남의 생각이라도 공감하는 순간, 제 생각이 되거든요.

오교수 (눈을 부라리며) 말만 번지르르. 젊디나 젊은 놈이 허구한 날 집구석에 박혀서 낮잠이나 퍼질러 자는 주제에. 봉투 내놔!

동주   (씩씩거리며 방으로 간다)

사이.
동주, 봉투를 가져와 건넨다.

오교수   (나꿔채며) 나가! 당장 내 집에서 나가!

오대양   돈 굳었구먼, 뭘.

오교수   아, 저, 씨!

오대양   또또…

동주   도대체 초등학교 때 선생님 아들 결혼식까지 챙겨야 하는 이율 모르겠어요.

오교수   너처럼 이기적인 놈은 죽었다 깨나도 모르겠지.

동주   아버지!

오교수   책임지는 거 싫어하고, 독립적이지도 못하고, 그렇다고 자존심이 있길 하나… 방종하면서 자유주의자라고? 네 머릿속에 든 건 뇌가 아니라 똥통이야.

동주   이깟 축의금 심부름 못한 게 똥통 취급당할 일이에요?

오교수   이깟 축의금?

동주   진심으로 축하하지도 않으면서 빚쟁이처럼 봉투 하나 내밀고, 보답으로 식권 받아 챙기는 행위가 무슨 의미가 있냔 말이에요.

오교수   소위 창작한다는 놈이, 부조금 문화가 대동계, 품앗이의 현대적 양식이라는 것 정도도 몰라?

오대양　얘가 어떻게 알겠니. 요샌, 죄다 상조회사에서 다 해주는데. 동주야, 너 보람. 행복. 사랑. 믿음.

오교수　저희 부자 일에 껴들지 마세요.

오대양　(깨갱)

오교수　그리구 대동계 품앗이는 중학생도 다 아는 얘기거든요.

동주　예. 목돈 마련할 수 없는 서민들이 십시일반으로 보태서 길흉사를 돕는 아주 지혜롭고 따뜻한 풍습이라고 배웠습니다. 근데 배운 건 다 실천해야 합니까?

오교수　특별한 사정이 없다면 예의와 도리는 지키는 게 맞아.

동주　여부가 있겠습니까, 교수님!

오교수　어디서 비아냥이야! 감히 아버지한테!

동주　이래서 제가 결혼 안 할 이유가 한 가지 더 생겼네요. 부조금 문제로 여러 사람 피곤하게 하지 않기 위해서라도 절대로 결혼 안 해야겠네요.

오교수　결혼도 안 할 거면서 여잔 왜 만나?

동주　그럼, 남잘 만날까요?

오교수　내 집에서 나가!

동주　(버럭) 전 한 여자만 끝까지 사랑할 자신 없습니다.

오교수　그래. 넌 너 하고 싶은 대로 살아. 대신 내 집에서 나가!

오대양　배고파!

오교수　(비난의 눈초리) 아저씨가 뭘 하든 누굴 만나든 상관 않겠는데요, 제발 노인대학 할머니들끼리 쌈박질 나겐 하지 마셨음 좋겠네요.

오대양 인기 많은 것도 내 탓이냐? 그리고 갑자기 왜 화살이 나한테로 날아와!

오교수 나잇값 좀 하시라구요.

오대양 어쩌누. 정열을 타고난 걸.

오교수·동주 (동시에) 정열이 아니라 욕망이겠죠. (두 사람, 어색해진다)

오대양 축하한다. 부자가 오늘 처음으로 통했구나.

오교수 (헛기침) 인간이 늦게 철이 드는 이유가 바로, 욕망을 다스리지 못해서란 건 아시죠?

동주 할아버진 쪼끔 자중하실 필요가 있으시죠.

오대양 부자가 짜고서 늙은이 하날 공격하니 보기가 아~주 좋구나.

오교수·동주 (동시에) 팩틀 말했을 뿐이거든요. (서로가 맘에 안 든다)

오대양 (헛기침) 인간은 말야, 어떻게 살건 죽을 땐 한 마음이라더라. 후회막급.

동주 그래서 전 결혼 안 한다니까요. 후회를 하나라도 더 줄이기 위해서.

오대양 젯밥은 동주 대에서 끝나겠구나.

동주 (능청스럽게) 저 교회 다녀요, 할아버지.

오대양 설마 내 젯밥 차리기 싫어 구실 만든 건 아니겠지?

동주 불신지옥! 제 믿음을 폄하, 왜곡하지 말아주세요, 할아버지.

오대양 오, 알라신이시여!

동주   알라신도 존경받아 마땅하신 분이시죠.

오대양   너의 교계에서 들으면 십자가에 못 박혀서 까마귀 떼한테 육보시 당할 일이다!

동주   아무튼 전 상처 주고받을 일이 뻔한 결혼 따윈 안 한다구요!

오교수   이쯤에서 솔직해져 보시지.

동주   예. 사실 자신 없어요. 제 인생도 책임지지 못하는데, 누군가를 책임진다는 게 가능하겠냐구요!

오대양   사내로써 강한 책임감은 높이 살 일이다만 혼자 떠안겠다는 건 오만이다. 요새 여자애들 책임감, 남자애들 못지않아. 안 그래, 오교수?

오교수   배 안 고파요?

오대양   고파. 동주야!

동주   예~ 식돌이는 밥 대령하러 가겠습니다. (부엌으로 간다)

오교수   제발, 동주한테 바람 좀 잡지 마세요.

오대양   내가?

오교수   조르바 타령하시면서 헛바람 잔뜩 집어넣고 계시잖아요.

오대양   니가 아니고?

오교수   제가 언제 조르바 얘기 하는 거 봤어요?

오대양   베개 밑에 숨겨 두고 보는 책이 희랍인 조르바 아니었어?

오교수   (헛기침)

오대양   이제 그만 내려놓을 때도 됐잖아.

오교수   …!

오대양   나이 든다는 게 꼭 나쁜 것만은 아니더라. 젊었을 땐 나도 우리 가정은 모두 내가 책임져야 한다는 부담감으로 많이 주눅 들어 살았었지. 그런데 세월이 지나고 보니, 난 그저 하나의 구성원으로 내 역할을 했을 뿐이더라.

오교수   저기요… 지금 누구 얘길 하시는 거예요?

오대양   누구긴? 우리 남자들 얘기지. 남자는 가정에 책임을 져야 한다. 나도 남자다. 고로 나도 가정의 책임을 져야 한다…

오교수   아리스토텔레스의 삼단논법이 오대양한테서 꽃을 피울 줄, 정말 몰랐네요.

오대양   어디서 비아냥이야! 감히 아버지한테!

오교수   차라리 일 년에 한 번 얼굴 볼 때가 좋았어요. 그땐 그리움이라도 있었는데…

오대양   왜? 동주랑 나랑 싸잡아 쫓아내고 이 큰 집에서 너 혼자 살게?

오교수   언젠 혼자 안 살았나요?

오대양   (코를 킁킁대며) 김치찌개 냄새. 동주야!

동주   (소리) 다 됐어요!

오대양   배고파 쓰러지시것다. (부엌으로 간다)

오교수, 자기 방으로 간다.

암전.

2장. 거실 (오후)

멀티맨, 쪽쪽빵빵 리빙 헬퍼 박예쁜으로 분해 집안일을 한다. 꽃 장식도 하고, 식단표를 냉장고에 붙이고, 청소를 한다. 청소를 할 땐 음악을 튼다. 동작 하나하나가 마치 춤을 추는 듯 리드미컬하다. 베란다로 쫓겨난 세 남자. 오대양, 동주, 대놓고 박예쁜을 훔쳐보고, 오교수는 신문을 보는 척하면서 흘깃흘깃 훔쳐본다. 박예쁜은 세 남자, 특히 오교수의 시선을 의식해 육감적인 몸매가 잘 드러나는 과장된 동작으로 일을 한다. 세 남자, 참지 못하고, 넋 놓고 본다. 박예쁜, 청소를 끝내고, 음악을 끈 후, 퇴근할 준비를 한다. 청소복을 벗고, 외출복으로 갈아입으니 커리어우먼처럼 세련됐다.

박예쁜, 가방을 메고 현관 쪽에 선다.

박예쁜 청소 끝!~

동주 (얼른 나서며) 힘드셨죠?

박예쁜 다른 날보다 특별히 힘든 건 없었습니다만.

동주 다, 다행이다. 오늘 꽃은 특별히 더 아름답네요. 향도 좋고.

오대양 (고개를 빼곤) 음료수라도 한 잔 하시겠냐고 여쭤라.

박예쁜 시간이 없습니다만.

동주   오늘 일은 끝나셨잖아요.

박예쁜   다른 고객이 기다리고 계십니다만. 교수님!

오교수   (화들짝) 네?

박예쁜   다음 주엔 무균무때싹싹 한 통, 고무장갑 두 개. 쇠수세미 한 통 준비해 주셨으면 합니다만.

동주   그런 건 저한테 말씀하셔도 되는데….

박예쁜   감독님은 두 번씩이나 약속을 안 지켰습니다만.

오교수   제가 준비해 둘게요. 저 없을 땐 전에처럼 냉장고에 메모해 주시면 일 하시는데 차질 없도록 준비해 드리겠습니다.

박예쁜   네, 교수님. 그럼 전 이만 가 보겠습니다만.

오교수   아, 예. 오늘도 수고 많이 하셨습니다.

박예쁜   그럼 전 이만 가 보겠습니다만.

동주   예. 안녕히 가셔도 됩니다만.

박예쁜   그럼 전 이만 가보겠습니다만!

동주   예, 다음 주에 뵙겠습니다, 만.

박예쁜   그럼 전…

오교수   (동주의 뒷주머니에서 봉투 뽑아 건네며) 앞으론 냉장고 위에 올려놓겠습니다.

박예쁜   (봉투를 받고) 그래주시면 너~무 감사하겠습니다만. (인사한다)

오대양   잘 가요, 박예쁜 양!

박예쁜   (돌아서 인사하며) 네, 오라버님! (퇴장)

오교수   (오대양을 힐끔 본다)

오대양   (헛기침을 한다)

동주   오라버님?

오대양   (못들은 척) 내 스타일이야.

동주   할아버지, 손녀딸 뻘이에요.

오대양   남녀 사이에 나이가 왜 껴들어!

동주   일흔아홉 서른아홉. 무려 마흔이에요.

오교수   넌 어떻게 알았냐?

동주   예?

오교수   예쁜 씨 나이 말이다. 내 방에서 이력서 훔쳐봤냐?

동주   저 영화판에서 10년이에요, 아버지. 딱 보면 척이죠.

오교수   저녁 준비 안하냐?

동주   내가 식돌이에요?

오교수   독립하든가.

동주   뭐 드시고 싶은데요?

오대양   저녁 시간 아직 이른 것 같은데 우리 티타임이나 갖자
꾸나. (소파에 앉으며 TV를 켠다) 딱 맞췄네. 오교수 얼른
와.

오교수   (소파로 가다 TV 보곤 인상 쓰며 방으로 가려한다)

오대양   왜? 방에서 혼자 보려고?

오교수   이런 저질 방송 전 안 봅니다.

오대양   얼른 창가로 가봐. 인신 공격적이고 인격 모독적이며,
직업 폄하적인 발언을 한 오지성 교수는 각성하라! 속

옷 모델들 피켓 들고 와서 시위하고 있을 거다. 각성하라, 각성하라…

오교수　제가 언제…

오대양　(무시하고) 요즘 애들은 기럭지가 너~무 길어. 가슴에 포옥 안기는 맛이 있어야 여자지, 원.

오교수　그러면서 입맛은 왜 다시세요?

오대양　동주야 티타임. 왜 이렇게 갈증이 생기는지 원.

동주　(차 쟁반 들고 나오며) 녹차 괜찮으시죠?

오대양　싫어. 난 커피.

동주　다 저녁에 커피 안 좋아요, 할아버지.

오대양　촌스럽게. 커피 마시면 잠을 자니 못자니 그딴 소린, 집 어쳐. 아메리카노.

오교수　앞으론 차는 각자 알아서 마시는 걸로 하자.

오대양　녹차 다오.

동주　옙! (차를 건네면서도 시선은 텔레비전에 주고) 오늘 애들은 별로다. 어, 쟤, 내 영화에 나왔던 앤데.

오대양　어디 어디. 쟤? 쟤?… 누구?

오교수　(리모컨 빼앗아 꺼버린다)

오대양　한참 남았구만.

오교수　남자들 벗은 걸 뭐 하러 봐요.

동주　어떻게 아세요?

오교수　머?

동주　이 다음에 남자모델 나온다는 걸 어떻게 아시냐구요.

오교수   뻔하지. 속옷이 여자 속옷만 있는 건 아닐 거 아냐.

오대양   아닌데. 저 브랜드만 남자 속옷도 파는데. 그치 동주야?

동주   예, 할아버지.

오대양   얼마나 다행이냐. 난 우리 오교수, 방에서 매일, 도만 닦는 줄 알았잖어.

오교수   아저씨!

오대양   (못 들은 척) 뭐니뭐니해도 여잔 우리 때 여자들이 예뻤어. 솜씨, 몸씨, 맘씨, 말씨, 맵씨까지 오박자를 두루 갖춘 여자들이 수두룩했지.

오교수   그런 여잘 내팽개친 남자들도 수두룩했죠.

오대양   지금 나 욕했냐?

동주   (얼른) 저녁 준비될 때까지 각자 방에서 좀 쉬시죠, 두 분.

오교수   이기적인 놈, 무책임한 놈!

동주   왜 또 화살을 저한테 돌리세요. 할아버지가 아버지랑 할머니, 몰라라 한 게 제 탓이에요?

오교수   너도 똑같애.

동주   뭐가요?

오교수   아저씨나 너나 무책임한 걸론 피장파장이잖아!

동주   저요, 극장판 영화 세 편 찍었구요… 제 영화에 참여한 사람한테 약속한 거 어긴 적 없구요…

오교수   덕분에 이 아파트 담보 잡혔구요…

동주   시나리오 팔아서 갚는다고 했잖아요.

오교수　3년째 십 원 한 장 못 갚고 계시구요…

동주　두 개 돌렸구요…, 곧 좋은 소식 올 겁니다.

오교수　와야 온 줄 아는 거구요.

동주　친아버지 맞으세요?

오대양　(동주를 붙잡으며) 참아야 한다. 참고 기다리면 해방의 날이 오리니.

동주　언제요?

오대양　대학교 개학하는 날. 오교수 언제 개학해?

오교수　저 집에서 쉰 지 일주일도 안됐거든요.

오대양　해외여행이라도 좀 다녀오지.

오교수　자식 잘 둔 덕에 대출금 갚느라 등골이 휩니다.

동주　또 제 탓이네요.

오교수　난 대학 졸업하자마자 교사 노릇하며 대학원 박사과정 마치고 교수 될 때까지도 누구한테 손 안 벌렸다. 공부하며 남편 노릇 아버지 노릇까지 했어.

동주　축하드립니다, 아버지. 오늘부로 백 번 채우셨습니다.

오교수　듣기 싫음 독립해!

동주　예, 죄송합니다. 불혹을 코앞에 둔 녀석이, 부모를 공양해야 마땅할 녀석이 되려 부모의 부양을 받고 있었어요.

오대양　그 학곤 학술 세미나 같은 것도 안가나?

오교수　누가 집까지 날려 먹을까봐, 불안해서 못 갑니다.

동주　걱정 마세요. 조만간 바지가랑이 붙잡고 늘어지셔도 기필코 나갈 테니까요!

오대양   결혼하게?

동주   여기서 결혼 얘기가 왜 나와요?

오교수   뭘 잘했다고 소릴 질러? 할아버지한테.

동주   아버지도 지르시잖아요.

오교수   내 아버지야!

오대양   (감격) 지성아!···

오교수   (어색해) 난 저녁 안 먹는다. (일어나 방으로 간다)

동주   할아버지든 아버지든 제 인생에 개입하는 건 월권이
         에요.

오교수   (돌아서며) 마흔 다되도록 부모 등골 빼먹는 건 폭력이야!

동주   아버지!

오교수   모든 남자들이 그렇게 이기적으로 자기 인생만 살고자
         했다면 인류는 진작에 소멸됐을 거다.

오대양   그건 우리 지성이 말이 맞네.

동주   할아버지!

오교수   난들, 배낭 하나 메고 천하를 떠돌고 싶지 않았을까?
         다른 사람도 만나고 다른 세상도 만나고···

동주   저, 아버지 붙잡은 적 없어요.

오교수   자식이 생기는 순간, 숙명처럼 붙잡힐 수밖에 없는 게
         인생이야. 자식을 낳아보지 않았으니 알 턱이 없지.

동주   할아버지는요? 할아버지, 평생 떠돌이로 사셨다면서요?

오대양   오늘 저녁 당번은 난가 보다. (부엌으로 간다)

사이.

오교수, 방으로 가려한다.

동주   교수님!

오교수   (못마땅한 눈빛으로 본다)

동주   저 자식으로 생각 안하시잖아요.

오교수   그래. 그러니까 내 집에서 나가! (방으로 가려한다)

동주   한 순간이라도 행복한 적 있으셨어요?

오교수   (그대로 멈추곤) 행복? 행복이 뭔데?

동주   가만히 있어도 얼굴에 미소가 떠오르는 것.

오교수   난, 내가 역할을 제대로 한다고 느낄 때 행복했었다. 아들 노릇, 남편 노릇, 아버지 노릇… 그리고 지금 하고 있는 교수 노릇….

동주   천하를 떠돌지 못하셨잖아요. 저나 엄마 때문에.

오교수   한땐 너나 니 엄마가 내 천하였으니까. (방으로 들어가 버린다)

동주, 먹먹하다. 인터폰 울린다. 동주, 신경 쓰인다. 인터폰, 또 울린다.

동주   (신경질적으로) 다 늦은 저녁에 누구야? (현관 쪽으로 가며) … 누구세요?

외박   요리신 오동주 감독님 뵈러 왔습니다.

동주   (방범 고리는 그대로 둔 채 빼꼼 열고 보며) 그런 사람 없어요. (닫으려 한다)

외박   (문에 발을 끼우며) 미소지움 아파트 6동 2001호 아닙니까?

동주   아냐. 나 오디션 광고 낸 적 없거든.

외박   오디션 보러 온 거 아닙니다.

동주   그럼 왜 왔는데?

외박   오동주 감독님께 돌려드릴 물건이 있어서 왔습니다.

오대양   (앞치마를 두른 채 부엌에서 나오며) 다 저녁에 누구신고?

동주   보나마나 조감독 시켜달라고 찾아온 놈일 거예요. 아님, 배우지망생이거나.

오대양   일단 안으로 모시지 그러냐.

동주   안 돼요. 집으로 찾아갔더니 만나주더라는 소문나면 이놈저놈 다들 집으로 찾아올 거라구요.

오교수   (나오며) 웬 소란이야? 여기 아파트다!

동주, 할 수 없이 비켜서고, 외박, 배낭을 메고 들어선다.
오대양, 오교수, 동주, 호기심과 불신감이 뒤섞인 눈으로 본다.

외박   강원도 철원에서 온 최외박이라고 합니다. 절 올리겠습니다. (큰절하려 한다)

동주   (막으며) 용건만 간단히 말해.

오대양   어른 보면 인사하는 게 당연하지. 어여 해봐.

외박　(연장자 순으로 차례로 절한다)

동주　(외박이 절을 하자 기겁하며 막으려 한다)

오대양　우리 오교수 좋아하는 예의를 갖춘 청년이군.

오교수　강원도 철원에서 여기까지 왔다구?

외박　예. 오동주 감독님께 돌려드릴 게 있어서 왔습니다.

동주　뭔데?

외박　제 고향은 강원도 철원 13579부대 앞입니다.

오교수　13579부대라면… 너 근무한 부대잖아?

동주　제 인생의 가장 뜨거웠던 청춘시절을 바쳤던 곳이죠.

외박　제 어머니는 부대 앞 경아다방 최양이었답니다.

오대양　부대 앞 다방이라면 나그네와 샘물인 셈인데….

동주　근데 왜 최양입니다도 아니고, 이었답니다야.

외박　전, 태어나자마자 버려졌기 때문에 어머닐 잘 모릅니다.

오대양　저런. 근데 우리 오감독은 왜 만나러 왔누?

외박　오동주 감독님 물건을 갖고 있어서 돌려 드리려고 왔습니다. (군번줄을 건네준다)

오대양　군번줄 아니야.

동주　이거 내 군번이랑 이름이잖아. 야, 이걸 어떻게 니가 갖고 있어?

외박　아버지 서랍에서 발견했습니다.

동주　아버지? 아버지가 누구신데?

외박　예. 제 아버지는 13579부대 최철자원자 원사님이십니다. 부대 앞에 버려진 절 그분이 거둬서 키워주셨습니다. 아버지께선, 이 군번줄이 제가 버려졌을 때 제 품에 있던 거라고 말씀하셨습니다.

오대양   가만… 지성아, 얘 누구 많이 닮지 않았냐?

오교수   그러게요. 저도 아는 사람 같네요… 동주 너…

동주   아 놔. 경아다방은 외박 나오는 놈들은 죄다 들러서 차도 마시고 맥주도 한 잔하고 그랬어요, 뭐.

오교수   그래서?

동주   그게…

오대양   했냐?

동주   아놔… 예. 딱 한 번. 술에 취해서 기억도 안 나는데, 일어나니까 최양 방이더라구요!

오대양   그럴 수 있지. 사내들이란 게 그 나이엔 다들 그런 경험들두 하구 그러는 거거든. 다만 넌 요령부득으로 흔적을 남겼어.

동주   쟤가 내 새끼란 말예요?

오대양   봐라. 네 열일곱 살 때랑 똑같잖어.

오교수   아저씨!

오대양   인정할 건 인정하세, 오교수.

오교수   젊은이.

외박   최외박입니다.

오교수   어, 그래. 최외박 군, 여긴 어떻게 알고 찾아온 거지?

외박   제가 요리에 관심이 많아서, 요리신을 봤습니다. 근데 감독님 이름이 오동주라는 걸 알고 혹시나 해서 아버지께 여쭸더니, 아버지께서 가르쳐 주셨습니다.

오교수 영화 상영한 지 3년이나 지났는데 왜 이제야 찾아온 거야?

외박 요리신 이후에 작품을 안 하셔서…

동주 뭐?

외박 작품 보면서 멀리서나마 응원하려고 했는데, 걱정이 되기도 하고…

동주 아 놔!… 야, 니가 왜 내 걱정을 해? 니가 뭔데? 너 혹시 내 자식이라고 생각하는 거야?

외박 (머리카락을 뽑아주며) 요샌 시간 많이 안 걸린답니다.

동주 더럽게. 니 머리카락을 나한테 왜죠?

외박 유전자 검사 하십시오. 전 다만 제 뿌리를 찾고 싶었을 뿐입니다. 귀찮게 하지도 않을 거고, 뭔가를 요구하지도 바라지도 않을 겁니다. 무엇보다도 전 지금의 아버질 사랑합니다.

오대양 똑부러진 걸 보니 의심스럽네. 우리 손자는 이렇게 논리정연하진 않거든.

동주 할아버지! 저 상당히 논리정연하거든요.

오대양 그래? 그럼 니 아들 맞나보다.

동주 할아버지, 제발요!

오교수 외박 군.

외박 예, 할아버지.

오교수 하, 할아버지?… 뭐 어쨌든… 일단 앉게. 밥은 먹었고?

외박	안 먹었지만 괜찮습니다.
동주	영악한 놈. 처음부터 먹었다고 하든가, 안 먹었지만 괜찮다? 그럼, 마음 약한 우리 할아버지나 아버지가 오냐, 굶어라 하시겠어?
오교수	오동주! (째려보다 외박에게로 따뜻한 시선 주며) 가자. 김치찌갠 다 먹었구 감자조림이 좀 있을 게다.
외박	저 감자조림 좋아합니다.
오대양	입맛은 제 애빌세.
동주	웬만하면 감자는 다 좋아하거든요!
오교수	그래, 몇 학년이니?
외박	고등학교 2학년입니다. 그리고 저, 텐프로 안에 듭니다.
오교수	(당황) 텐, 텐프로?
오대양	성적 말이지?
외박	예.
동주	촌에서 텐프로면 서울에선 70프로도 힘들거든.
외박	전국 텐프롭니다.
오대양	점점 확률이 떨어지는 걸. 안 그래, 오교수?
오교수	그러게요.
동주	(외박에게) 증거 있어?
외박	(모의고사 성적표를 꺼내 보여준다)

오교수와 오대양, 얼른 받아 본다.

오대양 이놈 이거 개천에서 난 용 될 놈일세. 오교수, 당장 유전자 검사 해봐.

오교수 예. 내일 당장 알아보겠습니다.

동주 두 분, 오늘부로 휴전선 철거하기로 하셨어요?

오교수 이 상황에선 달리 방법 있어? 머리카락 내놔!

오대양 그걸 뭘 말로 하냐! (날름 동주의 머리카락을 뽑는다)

동주 아야! 할아버지!

오대양 (무시하고 외박에게) 얘, 너 교회 다니냐?

외박 아버지께서 절에 다니십니다.

오대양 옳거니. 너 제사 지내는데 거부감 없지?

외박 할아버지 할머니 어머니 제사, 아버지랑 제가 다 모셨습니다.

오대양 헐, 대박! 만세! 죽고 나서 남의 제사상 기웃거리지 않아도 되겠구나.

동주 탕국 미리 마시지 마시죠, 할아버지. 얘, 지 아버지 있대잖아요. 그 아버지 사랑한대잖아요. 맞지? 너 나랑 살려고 온 건 아니지?

외박 철없는 아버질 모시고 살 생각 없습니다.

동주 야! 너 누구더러 철이 없대? 너 내가 철이 있는지 없는지 살아봤냐?

외박 그럴 기회도 없었지만 만약에 생긴데도 제가 거절할 겁니다.

동주 이 자식이, 애비한테 꼬박꼬박 말대꾸나 하고…

오대양　네 자식인 거 인정하는 거냐?

동주　절대 아니거든요. 당장 검사해보세요. 술에 취해 하룻밤 보낸 게 다라구요.

오대양　하룻밤에 만리장성도 쌓을 수 있는 게 남녀 사이란다, 동주야.

동주　아놔. 야, 너 어떤 놈이 시킨 장난질이면 나한테 죽어!

오교수　시끄러. (외박에게) 배고프겠다. 어서 가서 밥 먹자. (함께 부엌으로 간다)

동주　이런 걸 두고 마른하늘에 날벼락이라고 하는 거죠, 할아버지?

오대양　호박이 넝쿨째 굴러왔다고 하지. 아마도?

동주　(창 쪽으로 가 하늘 향해) 아놔. 몇 달 교회 안 갔다고 이르시면 곤란하시죠, 하느님!

오대양　누굴 원망해. 일어날 일이 일어난 걸. 군대에서 외박을 나왔고, 여잘 만났고, 잠을 잤고, 외박이가 태어났고, 키우기 힘든 시절 다 보내고, 떡하니 나타났어. 너 좋아하는 횡재수다. 헐, 대박! 왕대박!!

동주　돌아버리겠다, 정말! (나간다)

오대양　한 대만 피우고 들어와. 멀리서 찾아온 아들 너무 기다리게 하면 안 돼!

동주　오늘 안 들어와요, 저!

오대양　갈 때나 있구?

동주　노인대학 가서 다 까발릴 거예요. 할아버지, 양다리도 모자라 세 다리 네 다리라고.

오대양 제발 그래라. 다른 영감들 부러워하게.

동주 (배신감에 흘겨 보다 입이 뽀로통해서 나간다)

오대양 귀여운 녀석. 나이가 들면 웃을 일이 없어진다는데 덕분에 내가 웃는다. (주위를 둘러보다) 녀석 작업은 다 끝냈나. (동주의 방으로 간다)

사이.
오대양, 동주의 방에서 대본을 들고 나오며 읽는다.

오대양 육체가 만족하자 우리의 영혼도 즐거운 전율에 떨었다. 옳거니. 조르바 만세!

암전.

3장. 동네 공원 (저녁)

멀티맨, 배우가 되어, 벤치에 대본을 놓고 서서 조르바 역을 연습하고 있다.

배우 계산하지 말아. 숫자놀일랑 저리 놔두고 염병할 저울대는 부셔버려. 푼돈을 따지는 당신 가게는 문을 닫아. 지금은 당신이 당신의 영혼을 구제하느냐 못 하느냐 하는 문제를 결정할 시간이야. 자, 당장 보석가게로 가. 가서 예쁜 반지를 사는 거야. 그리고 만나. 나는 병이 들었다. 이 병을 고칠 수 있는 사람은 당신밖에 없다. 그리고 반지를 끼워주란 말이야! 만약 여자가 자네더러 함께 자자는데 자네가 안 잔다면 자네 영혼은 파멸하고 말 걸세! 자넨 더 이상 남자가 아니란 증거거든.

어느 새 다가온 동주, 대본을 빼앗듯이 하며,

동주 이게 다 너 때문이야, 짜샤!

배우 아닌 밤중에 홍두깨냐, 마른하늘에 날벼락이냐?

동주 둘 다!

배우 말해. 무슨 일인지 말을 해야 설명을 하든, 변명을 하든

할 거 아냐?

동주 시끄럽고 노래나 한 곡 해봐. 마이 웨이!

배우 주인님, 내가 전에 말하지 않았습니까? 산투르는 행복한 기분일 때 켜는 겁니다.

동주 나 지금 연습상대 해 줄 기분 아니거든. 머리가 터져서 폭발하기 1초 전이라고.

배우 그날이냐?

동주 죽을래?

배우 살래.

동주 나 군대 갔을 때 너 면회 몇 번 왔냐?

배우 이 시점에서 군바리 적 묵은 얘기가 나오는 이유는?

동주 그 묵은 얘기가 매듭이 풀려 줄줄 세고 있으니까. 몇 번이야?

배우 (눈치 보며) 글쎄… 하도 오래돼~긴 했지만 기억난다. 두 번.

동주 두 번?

배우 무려 두 번. 내 이름이 강의리 아니냐.

동주 강의리? 오른쪽왼쪽 싸대기 맞고 뒤진 뒤에 거시기 차여 또 뒤질 놈.

배우 시방 담배피던 한국산호랑이가 방구 뀌고 시베리안 허스키한테 시비 거는 꼴인디, 이유가 뭐여.

동주 그렇게 의리 있는 놈이 갑자기 오디션 잡혔다고, 외박 끊어 나온 친구 버리고 도망을 쳐?

배우　덕분에 총각딱지 뗐다며!

동주　그러니까!

배우　고마우면 납작 엎드리고 절해 짜샤.

짧은 사이.

동주　그날 밤이야.

배우　뭐가?

동주　그 새끼가 그날 밤 잉태됐다구!

배우　그 새끼가 누군데?

동주　외박이!

배우　외박이?

동주　내 새끼래.

배우　아닌 밤중에 홍두깨 맞네.

동주　마른하늘에 날벼락이다!

배우　진짜야?

동주　새끼, 그날 너만 서울로 안 갔으면 내가 최양이랑 잘 일
　　　도 없었고, 그럼 외박이가 잉태 될 일도 없었잖아!

배우　대박! 그러니까 지금 외박이라는 새끼가…

동주　새끼? 이 새끼가, 누구 새끼보고 새끼래?

배우　니가 새끼라며.

동주　내 새끼지 니 새끼냐?

배우　유전자 검사 해봤냐?

동주   아직.

배우   확인도 안 해보고 니 새끼라고?

동주   너 같은 놈은 죽었다 깨나도 몰라. 자식을 낳아봤어야 알지.

배우   넌 낳아보셨구요?

동주   지금 찾아왔다니까!

배우   유전자 검사 안 해봤다며?

동주   열일곱 살 때 나야, 딱. 똑같애. 문을 열었는데 타임머신 타고 20년 전으로 돌아간 줄 알았다니까.

배우   히야… 오동주 인생에 대박 시나리오 하나 탄생하겠구나. 니 역할은 나 다. 퉤퉤퉤.

동주   퉤, 퉤, 퉤! (휙 돌아간다)

배우   어디 가셔요, 오감독님! 싸인하고 가셔야지!

동주   (휙 돌아보며) 결심했어. 어떤 것도, 그 누구도, 날 구속하는 건 용납 못해.

배우   그 말은 니 자식이라 해도 자식으로 받아들이지 않겠단 뜻?

동주   두식이한테 원고료 당장 안 보내면 공연불가가처분소송 건다고 해!

배우   방금 날벼락보다 무섭다는 우정에 금가는 소리 들었냐?

동주   우정보다 내 자유가 더 소중하거든! 원고료 받는 대로 뜰 거야. 난 자유인이라고! (휑하니 간다)

배우　천만에, 당신은 자유롭지 않아요. 당신이 묶인 줄은 다른 사람이 묶인 줄보다 더 길지도 몰라요. 그것뿐이죠. 당신은 긴 줄에 묶여 있어요, 주인님. 당신은 그 사이를 마음대로 오가니까 자유롭다고 생각하죠. 하지만 당신은 그 줄을 절대 자르지는 못합니다. 그리고 사람이 그 줄을 못 끊는 한… (대본을 보며) 절묘한 타이밍에 적절한 가르침. 이래서 내가 조르바를 맹신할 수밖에 없다니까. (과장되게) 조르바, 당신은 내 인생의 내 연기인생의 터닝포인트가 되어주셔야 합니다. 믿습니다, 조르바!

암전.

4장. 거실 (오후)

오교수, 유전자 검사 결과를 보고 있다. 오대양, 고개를 쭈욱 빼고 훔쳐본다.

외박, 덤덤한 얼굴로 맞은 편 소파에 앉아있다.

오대양   이래서 피는 물보다 진하다고 하는 거야.

오교수   이 시점에 그 얘기가 왜 나옵니까?

오대양   오교수도 군복무 할 때 외박 나왔다 동주 잉태했잖어.

외박   그럼 할머니도 다방에서…

오교수   아, 아냐. 네 할머니랑 난 CC였어. 캠퍼스 커플.

외박   아, 네. 오감독님은 좋으시겠습니다.

오교수   왜?

외박   사랑으로 태어나신 분이잖습니까. 어릴 때 사람들이 저 보고 실수로 태어난 아이라고 놀렸드랬습니다.

오교수·동주   (동시에 버럭) 어떤 놈이 그래? (서로 보며 어색해 한다)

오교수   (괜히 씩씩) 비싼 밥 처먹고 왜 입을 쓰레기같이 더럽게 입을 놀려. 그런 놈들은 죄다 군대 보내서 한 삼십 년은 말뚝 박게 해야 해. 나쁜 놈들.

오대양   (놀라) 오교수, 흥분했어.

오교수   아니, 우리 귀한 손자한테…

외박 (기분 좋다) 이런 기분입니까?

오교수·동주 뭐가?

외박 누군가 제 편이 되어준다는 게 이런 기분입니까?

오교수와 오대양, 가슴이 먹먹하다.

오교수 외박아…

외박 예?

오교수 고맙다, 태어나줘서. 그리고 이렇게 우리를 찾아와줘서.

외박 (꺼이꺼이 운다)

오교수 (울컥. 외박을 껴안아주며) 그래그래. 난 네가 울 줄도 모르는 줄 알았다. 울어라. 울어. 울 수 있는 사람은 웃을 수도 있단다. 더 크게 울어라. 더 크게.

오대양 나 결심했어. 죽기 전에 이 일만은 꼭 하고 죽을 테야.

오교수 왜요? 외박이 보니 늦둥이 보고 싶으세요?

오대양 떽! (배시시 웃으며) 아무리 내가 능력이 출중하지만 그건 민폐지.

오교수 그것 말고 할 일이 뭔데요?

오대양 군바리들한테 풍선 홍보하고 사용법 가르쳐 주는 거.

오교수 아저씨!

오대양 나보단 좀 더 젊은 오교수가 나서는 게 바람직할래나? 사실 내 나이가 풍선 불기엔 벅찬 나이잖냐.

외박, 웃는다.

오대양 (외박의 엉덩이를 때리며) 울다 웃으면 털 나! 털 나면 징
그러워. 징그러우면 여자들이 싫어해요.

오교수는 어이없어 웃고, 외박은 재미있어 더 크게 웃는다.

오대양 봐라. 웃으니 얼마나 좋으냐.
오교수 당장, 너 키워주신 아버지부터 뵙자.
오대양 왜?
오교수 동주 아들이라는 게 증명됐잖아요. 제자리 찾아줘야죠.
외박 이걸로 됐습니다, 전.
오교수 무슨 소리야?
오대양 지 애비한테 화가 난 게야. 17년 동안 버림받았다고 생
각하겠지.
외박 오감독님은 제 존재조차 몰랐습니다. 그러니 전 버림받
은 게 아닙니다.
오교수 그럼, 그럼.
오대양 기특한 녀석.
외박 아버지 없다고 놀린 사람들에게 당당하게 말하겠습니
다. 친아버지는 내 존재조차 몰랐다. 그렇기 때문에 난
버림받은 게 아니다.
오교수 이 자식 어디랍니까?

오대양	오늘 연극 연습 첫날이라고 하더라.
오교수	이런 상황에, 연극 연습 쫓아다닐 정신이 있대요?
오대양	식돌이 노릇은 틀림없이 하겠다더라.
오교수	외박아, 아버지 신경 쓸 것 없다. 이제부터 넌 내가 책임질 테다.
오대양	우리 오교수, 좋아하는 책임과 도리를 다할 일이 생기니 신이 난 모양이군.
오교수	아저씨!
오대양	(못 들은 척) 다섯 시가 넘었는데… (창가로 가서 망원경을 들고 본다. 허걱)
외박	(달려가 오대양을 부축하며) 괜찮습니까, 왕 할아버지?
오대양	어? 왜?
외박	방금, 숨이 넘어가는 줄 알았습니다. 다리도 후들거리셨습니다.
오대양	떽! 너, 나 늙었다고 놀리는 거지?
오교수	(망원경을 빼앗아 보곤 오대양을 째려보며) 제발 나잇값 좀 하세요.
오대양	뻑하면 나잇값 하래. 늙은 게 무슨 형벌이냐?

동주, 시장바구니를 들고 들어선다.

외박	다녀오셨습니까?
오대양	날라 왔냐? 계속 지켜봤는데.

동주 홍보걸 춤추는 거 보느라 손주가 눈에 들어왔겠습니까?

오대양 증손자 앞에서 할애비 면전에 대고 면박 주니 통쾌하냐?

동주 오가네 일상이잖아요. 갑자기 품위 있는 척 위선 떨지 말자구요.

오교수 우리 손자 배고프겠다.

동주 아파트 상가에 치킨 집 새로 오픈했더라구요.

오대양 그래? 오늘은 왠지 치맥이 당기는구나. 외박아, 치킨 좋아하지?

외박 전 뭐든 잘 먹습니다.

동주 시켜 드려요?

오대양 번거롭게 뭐하러. 치킨은 그저 뜨끈뜨끈 기름이 뚝뚝 떨어질 때 먹어야 제 맛이지. 안 그러냐?

외박 글쎄 말입니다. 기름기는 좌악 빼고 먹어야…

오대양 넌 기름 좌악 뺀 걸로 달래라. 가자.

동주 (불쑥) 두려워요.

일동, 의아해 본다.

동주 세월이 흐르면 여자는 얼굴이 늙고, 남자는 마음이 늙는다던데 우리 할아버진 한결같으시잖아요.

오교수 그러게나 말이다. 그 점에선 내 맘이 네 맘 같구나.

오대양 (동주와 오교수가 얄밉다. 우는 시늉)

외박   왕할아버지 우십니까? 왜 우십니까?

오대양   멋진 걸들을 저렇게 많이 남겨놓고 죽어가야 한다니, 가슴이 미어지는구나.

동주   정말 두려워요. 피 도둑질은 못한다는데, 저두 할아버지 꼴 나면 어쩌죠?

오대양   무식한 놈. 씨 도둑질.

동주   흥. 조르바 따라쟁이!

오대양   티 나?

동주   네.

오대양   … 많이 티나?

오교수   나이가 들면 나와 남에 대한 집착을 버리고 여유와 관용을 가슴에 품어서 삶에 자신감이 쌓인다고 하던데…

오대양   나 들으라고 하는 소리냐?

오교수   (아랑곳 않고) 마치 진흙 속에서 피어도 더럽혀지지 않는 연꽃처럼 그렇게 도도하고 고고하고 우아하고 그러면서도 따뜻하고 부드럽고…

오대양   오교수님, 먹물 든 티 고만 내시구려.

오교수   어떻게 여자만 보면 한결같이 추파를 던질 수 있는지…, 불쌍한 우리 어머니…

오대양   풍선도 못 부는 주제에.

오교수   못 부는 게 아니고 안 부는 겁니다.

오대양   여튼. 입을 삐뚤어져도 말은 바로 하자. 불쌍한 건 니 엄마가 아니고 나야. 글구, 나이가 든다고 남자가, 남자가 아닐 순 없잖어. 자고로 남자가 사는 이유는 여자야. 이 세상에 남자만 존재 한다고 생각해봐.

외박   끔찍합니다.

오대양   옳거니.

외박   중학교 때 남학교에 다니다가 고등학교 때 남녀공학 갔는데, 전 제 몸에 심장이 있다는 걸 그때서야 알았습니다.

동주   야!

외박   예, 감독님!

오교수   아버지라고 해야지.

외박   (동주에게) 그래도 됩니까?

동주   징그러! 미성년자 주제에 어른들, 얘기하는데 엇다 훈수를 둬?

외박   고2면 알건 다 아는 나입니다, 감독님!

오교수   외박아, 니가 이해해라. 자식을 안 키워봐서 그래.

동주   아버지!

오대양   열일곱. 난 그때, 첫사랑을 만났지. 진달래가 지천에…

오교수   (얼른, 동주에게) 내일 외박이네 아버지 만나러 가자.

동주   제가 알아서 할게요.

오교수   왜 너만 알아서 하려고 해? 내 일이기도 해. 내일 아침 일찍 같이 가자.

오대양   나두나두.

오교수   아저씬 집에 계세요.

오대양　내 일이기도 해. 젯밥이 걸렸잖어.

동주　전 시나리오 작업해야 해요.

외박, 방으로 간다.

오교수　3년 동안 성과 없으면 그거 니 길 아냐.

동주　아버지 좋아하시는 와호장룡 이안 감독은요, 6년 동안 시나리오 작업에만 매달렸거든요.

오교수　이후에 이안 감독은 세계적인 감독이 됐거든요.

오대양　굿을 하던지 불을 내던지 해야지 원. 견원지간도 아니고, 니들 부자는 만났다하면 으르렁 거리냐.

외박, 서류뭉치를 들고 와 동주에게 준다.

동주　뭔데?

외박　제가 써본 겁니다. 우리 친구들 얘긴데, 시간 나면 읽어봐 주십시오.

오대양　부전자전. 이래서 피는 못 속인다했어. (창 쪽으로 간다)

동주　(대충 들춰 보는 것처럼 하면서도 눈을 떼지 못한다)

오교수　배고프다.

동주　(겨우 눈을 떼며) 죄송하지만 세 분 다녀오세요. 저 이것 좀 보게요. (부엌으로 간다)

홍보 음악 끝난다. 오대양, 망원경으로 보다 한숨.

오대양　끝났네. 나도 안 갈란다.

오교수　시킬까요?

오대양　(시큰둥) 그러든지.

동주　(부엌에서 고개 내밀며) 제가 시켜 드릴게요. (핸드폰으로 전화를 걸며 부엌으로 간다)

오교수, 오대양, 외박은 소파에 앉는다.

오교수　외박아, 넌 꿈이 뭐냐?

외박　어서 빨리 독립하는 겁니다.

오대양　너 최원사라는 사람한테 구박받았냐?

외박　정말 좋은 분입니다. 결혼도 안하시고, 저희 삼형제를 키우셨습니다.

오대양　결혼도 안했는데 삼형제라구?

외박　저처럼 버림받은 아이들입니다.

오교수　이 시대의 귀감이 되실 분이구나. 드러나지 않은 곳에서 그렇게 좋은 일을 하는 분들 덕분에 이 나라가 이만큼 굴러가는 건데…

오대양　결국엔 그런 분들이 밝게 빛나게 돼 있어.

외박　요즘 아버지 건강이 많이 안 좋으십니다. 형편도 넉넉하지 않으시구요.

오교수	왜 아니겠냐. 홀몸으로 직장 생활해가면서 자식 셋을 키우셨는데. 이제라도 내가 그 분을 돕고 싶구나.
오대양	그럼 그럼. 그건 도리 밖에서 살았던 내가 보기에도 지켜야 할 도리구먼.
오교수	외박이 니 문제도 걱정 마라. 너한텐 이 할아버지가 있잖니.
오대양	애비도 있고, 왕할아버지도 있지.
오교수	아저씬 좀 가만 계시죠.
오대양	(멋쩍은 표정)
외박	할아버지.
오교수	오냐.
외박	왜 왕할아버지한테 아저씨라고 하십니까?
오대양	넌 니 아버지한테 감독님이라고 하잖니.
외박	그건… 감독님이 절 인정하지 않으시니까…
오대양	이런 걸 동병상련이라고 하지. 너는 아버지가, 나는 아들이. 흑흑흑… 이리 와라, 안고 울자. 흑흑흑.
오교수	그만하세요, 쫌. 애 앞에서. 치킨은 왜 이렇게 안 와? (부엌으로 간다)

오대양, 외박에게 엄지를 세워 보인다.
외박, 웃는다.

암전.

5장. 거실 (낮)

쭉쭉빵빵 박예쁜의 시간. (리빙 헬퍼 박예쁜으로 분한 멀티맨 집안일을 하고 있다.) 2장의 풍경을 리플레이 한 듯하다.

임무를 끝낸 박예쁜, 가방을 메고 현관 앞에 서 있다. 오교수, 봉투를 들고 다가온다. 동주, 그 봉투를 얼른 빼앗다시피 해, 박예쁜에게 다가간다.

동주　　힘드셨죠?

박예쁜　다른 날보다 힘든 건 없었습니다만.

동주　　다, 다행이다.

오대양　동주야 음료수라도 한 잔 하시겠냐고 여쭤라.

박예쁜　시간이 없습니다만.

동주　　사장님께서 직접 현장에도 나오시고 정말 모범적인 CEO시네요.

박예쁜　부탁 하나 드려야겠습니다만.

동주　　아, 네. 무엇이든 하십시오!

박예쁜　제 스타일 아니십니다만.

동주　　(무안해) 아니 제 스타일이 어때서…

박예쁜　(콧소리) 교수님!~

오교수　(반색하며) 예?

박예쁜 다음 주엔…

오교수 뭘 준비해 드릴까요?

박예쁜 괜찮으시다면 식사 준비를 좀 해드릴까 합니다만. 새 손님도 오신 것 같고 해서, 김치도 담궈 드리고…

오교수 우리 김치 사 먹는데. 종갓집…

동주 아버지. (예쁜이에게) 감사합니다. 재료 구입할 때 제가 돕겠습니다.

오대양 너 시나리오 써야 한다며? 내가 같이 가마.

박예쁜 괜찮으시다면, (외박을 가리키며) 젊은 피를 수혈 받고 싶습니다만.

동주 앤 미성년자라구요!

박예쁜 무슨 말씀이신지 모르겠습니다만!

오대양 오감독, 너무 갔어.

외박 열심히 돕겠습니다.

박예쁜 감사합니다만. 그럼 전 이만 가보겠습니다만.

동주 예, 안녕히 가세요.

박예쁜 그럼 전 이만 가보겠습니다만!

오교수 냉장고!

박예쁜 아. (냉장고 위에 봉투를 챙긴 후) 이만 가 보겠습니다만! (인사한다)

오대양 잘 가요, 박예쁜 양!

외박 안녕히 가십시오, 누님!

박예쁜 네, 동생님. (윙크하고 퇴장)

동주　어린놈이 까져 가지고, 니 엄마뻘이거든.

외박　감독님하고 전 여자 취향이 비슷한 것 같습니다만.

오대양　어허! 딱 내 스타일이야.

외박　손녀딸 뻘은 될 것 같습니다만, 왕할아버지.

동주　내 말이!

오대양　남녀 사이에 나이가 왜 끼어들어!

오교수　보기 좋구나. 부자지간에 의기투합하는 걸 보니.

오대양　시방 내 욕했냐?

외박　왕할아버지, 누나 왜 좋아하십니까?

오대양　이쁘잖냐.

동주 · 외박　(동시에) 나둔데.

오교수　인간은 참 철저한 동물이야. 아니, 죽음의 천사가 칼을 빼어들고 당장에 목을 내리칠 듯이 바로 머리 위를 맴 도는데, 한다는 생각은 거기. 오로지 거기뿐이라니까!

오대양　늙은 놈이 죽지도 않고 팔팔 살아 댕겨서 미안하다.

오교수　그만 좀 하세요. 증손자 앞에서 챙피하지도 않으세요?

오대양　깜짝이야! 동주야 니 아버지 장가 좀 보내자.

오교수　아저씨!

오대양　너 도대체 얼마나 됐냐? 이혼한 지 10년이 다 되도록 여자 손도 한 번 못 잡아봤지?　쯧쯧… 그러니 신경 이 예민해져 터지기 일보 직전이지. 자고로 남잔, 나 이 들수록 여자가 있어야 해.

오교수　그래서 동네 할머니들 죄다 꼬시고 다니십니까!

오대양   니 얘기 방점도 안 찍었는데 왜 갑자기 내 얘기로 넘어가.

오교수   이런 식으로 간섭하시면, 저 같이 못삽니다.

동주   아버지!

오교수   너도 같이 나가!

동주   아, 예. 만만한 호떡 대령했습니다. 납작하게 눌러주십시오. 아예 발로 밟으셔도 괜찮습니다. 손자 앞에서 아들 밟으면 막힌 속이 뻥 뚫리시겠습니다. (외박에게) 나 이런 꼴로 살아. 그래도 니 애비하고 살고 싶냐?

외박   내일 아침 일찍 떠나겠습니다. (방으로 간다)

오교수와 오대양, 동주를 째려본다.

오교수   외박이 제자리 안돌려 놓으면, 다시는 내 얼굴 못 볼 줄 알아!

동주   제 아버지도 있는데 어떻게요?

오교수   최원사님하고 통화했다. 적극적으로 돕겠다더라.

동주   외박이도 그러재요?

오교수   안 그럴 이유가 어딨어?

동주   의리가 있지… 야, 최외박!

외박   (나온다)

동주   말해봐. 호적 바꿀 거야?

외박   어떤 총각 신세 망칠 일 없습니다.

동주 야!… 어린놈의 자슥이… 넌 뭐가 잘나서 그렇게 이성적이야.

외박 (조심스럽게) 이름까진 바꾸고 싶지 않습니다.

동주 외박이라고 놀림 받았을 거 아냐.

외박 엄마가 지어주신 이름입니다. 군번줄을 싼 쪽지에 적혀 있었답니다. 생일이랑, 이름.

동주 무식하게 외박이 뭐냐? 아무리 외박 나온 남자한테서 나온 아이지만…

오대양 얼마나 좋아. 한 번 들으면 절대 잊어 먹질 않을 이름인데.

오교수 이름은 두고 성만 바꾸자. 오, 외, 박.

외박 생각해 보겠습니다.

오교수 우리 외박이, 속이 애비보다 만 배는 깊구나.

동주 아버지, 외박이한테만 너무 관대하신 거 아니에요?

오대양 뭐 하나 흠 잡을 게 없잖아.

동주 예~, 세 분이서 잘 해보세요! 불청객 오동주는 이만 물러갑니다.

오교수 그래. 가서 외박이 좋아하는 걸로 맛 나는 거 사 와라. 덕분에 우리도 영양보충 좀 하자.

동주 내가 식돌입니까!

오교수 어.

동주 아버지!

오교수 백수라고 안 한 걸 다행인 줄 알아.

동주 　 가출 해버릴까부다.

오교수 　 제발 좀 그래다오. 니 방 우리 외박이 주게!

동주 　 아~놔! (간다)

오대양 　 요리왕, 부탁해요!

동주 　 (버럭) 요리신!이라니까요. (씩씩거리며 가다 돌아서서 외박
　　　 에게) 넌?

외박 　 예?

동주 　 뭐 좋아하냐구?

외박 　 다 잘 먹습니다.

동주 　 어떻게 된 녀석이 까탈스런 구석이 없냐.

오교수·오대양 　 (동시에) 배워라! 좀.

동주 　 나만 미워해! (입을 삐쭉이며 나간다)

오대양 　 (외박에게) 저 녀석, 너 맘에 드나보다.

오교수 　 이참에 철도 들었음 좋겠네요. (외박에게) 니 아빠, 저녁
　　　 준비하는 동안 우린 목욕이나 갔다 오자. (오대양에게)
　　　 같이 가실래요, 아저, 버지?

오대양 　 껴줘서 고맙구나, 오교, 지성아!

오교수, 못마땅한 얼굴로 보다 서둘러 나간다.

오대양 　 (외박에게) 우리 복덩어리. 얼른 가자.

암전.

6장. 동네 공원 (저녁)

멀티맨, 배우가 되어 연습 중이다.

배우   천만에, 당신은 자유롭지 않아요. 당신이 묶인 줄은 다른 사람이 묶인 줄보다 더 길지도 몰라요. 그것뿐이죠. 당신은 긴 줄에 묶여 있어요, 주인님. 당신은 그 사이를 마음대로 오가니까 자유롭다고 생각하죠. 하지만 당신은 그 줄을 절대 자르지는 못합니다. 그리고 사람이 그 줄을 못 끊는 한…

동주   (어느새 다가와 대사를 쳐준다. 성의없이) 언젠가 나는 그걸 끊을 거요!

배우   (째려보면서도 받아준다) 그건 어렵지요. 참 어려운 겁니다. 그러려면 한물 살짝 간 바보가 돼야 합니다. 알겠어요? 모든 걸 위험에 내맡겨야 하니까요! 그렇지만 당신은 그렇게 강한 두뇌를 가지고 있으니 언제나 그 머리가 당신을 다스리게 될 거예요. 사람의 머리는…

동주   (심각해져 혼잣말이 툭) 복잡해!

배우   복잡… 야, 제대로 도와주지 않을 거면 꺼져줄래.

동주   으악… 머리가 터질 것 같애.

배우   17년 동안 알아서 커 준 것도 감사할 일인데, 말썽쟁이도 아니고, 어디 하나 부족한 데 없고, 인물까지 배우 뺨치게 생겼다며?

동주   게다가 글도 잘 써. 시나리오 보고 깜짝 놀랐다니까!

배우   헐~ 전생에 너 나라 구했다니?

동주   그러니까. 내가 뭐 한 게 있다고 이런 큰 복을 주셨을까?

배우   그러게나 말이다. 배려심 많고, 양심적인데다, 근면하고 성실하게 살아온 나 같은 놈도 있는데 왜 하필 너 같은 놈한테 이런 행운이 찾아왔을까. 불쾌해.

동주   불쾌할 일은 아니지, 니가.

배우   이제와 고백하는데, 나 정말 본능에 충실하고 싶었다. 우리 인간의 가장 기본이자 중요한 본능이 뭐냐?

동주   (조심스럽게) … 섹응응?

배우   지랄. 종, 족, 보, 존. 연애하고 결혼하고 애 낳고 애 키우고…

동주   꿈 깨. 연애중독자인 너로선 무척 과한 욕심이니까.

배우   그치? 그런 거지? 나 아무래도 평생 연애만 하다 죽을 거 같지?… 아 놔, 빌어먹을 이놈의 인기… 흑흑… (우는 시늉)

동주   뚝.

배우   말려줘서 고맙다, 친구.

동주   별말씀을, 친구.

배우   사실은 너 좋지? 자기보다 더 잘난 아들. 아빠들의 로망이잖아. 지독히도 재수 좋은 놈. 치즈 광에 떨어진 생쥐 같은 놈.

동주　　치즈 광의 생쥐는 우리 외박이 줄 치즈 사러 간다.

배우　　부럽네.

암전.

7장. 거실 (늦은 저녁)

식사를 끝낸, 오교수, 외박이 대본을 들고 거실로 나온다.
오대양은 뒤따라 나오며 춤을 춘다.

오교수 우리 외박이표 오므라이스가 최고였다!

오대양 배 속에 먹을 것이 들어가면 기적이 일어난다니까. 굶
주렸던 육신은 조용해지고, 질문을 하고 있던 영혼도
조용해진답니다.

외박 왕할아버지는 가끔 딴 세상 분 같습니다.

오교수 틈만 나면 희랍인 조르바가 한 말을 인용하신단다.

오대양 (소파에 앉으며) 고맙다, 아들. 흉내 낸다고 안 해줘서.

오교수 별말씀을요, 아… 버지.

외박 그 책 저도 읽었습니다.

오교수 벌써? 쉽진 않았을 텐데.

외박 (대본을 보여주며) 감독님이 소설을 희곡으로 각색하셨다
기에 궁금해서 읽어봤습니다.

오대양 니 애비 시나리오로 상도 두 번이나 탔어.

외박 (대본을 보며) 렌즈를 태양 앞에 내놓고 모든 광선을 한
곳에 집중하면 어떤 일이 일어나는지 보았잖소, 조르
바. 그 초점에는 곧 불이 당겨집니다. 태양의 힘이 흩어

58

진 게 아니라 그 한 점에 모두 집중하기 때문이죠. 당신도 마음을 한 가지 일에, 오로지 하나에만 쏟으면 기적을 만들 수가 있소. 알겠소, 조르바?

오교수 (조금은 비아냥) 그 말대로라면 우리 동주도 머지않아 기적을 만들겠네.

오대양 (대본을 보곤, 오교수 들으라는 듯 과장되게) 자기 자신 안에 행복의 샘을 갖지 않은 자에게 화가 있으리라! 남을 즐겁게 하길 원하지 않는 자에게 화가 있으리라! 이승과 저승이 하나라는 것을 못 느끼는 자에게 화가 있으리라.

외박 (대본을 오교수에게 주며) 할아버지.

오교수 아, 아냐.

외박 할아버지~.

오교수 (마지못해 받아 읽는다) 내가 뭘 꼭 갖고 싶을 때 어떻게 하는지 아세요? 나는 목구멍이 미어질 만큼 그것을 쑤셔 넣습니다. 그걸 생각만 해도 꽥 구역질이 나게 말입니다. 어느 날, 버찌를 먹게 되었어요. 그날부터 생각나는 거라곤 버찌뿐이었죠. 버찌가 나를 데리고 논 겁니다. (진지해지며) 화가 나서 아버지 호주머닐 뒤졌습니다. 시장에 나가 버찌를 한 바구니 사서 도랑에 쭈그리고 앉아 먹기 시작했는데, 어찌나 정신없이 그걸 집어넣었던지 통통 배가 아프기 시작한 겁니다. 처절하게 앓았지요. 그때부터 지금까지 나는 버찌를 먹고 싶다는 생각을 한 적이 한 번도 없습니다. 신물이 나도록 그걸 먹고 토해낸 다음부터는 버찌가 나를 다시는 괴롭히지 않게 되었습니다.

외박　(대본을 보며) 여자들은 어떻소?

오교수　그것들의 차례도 오겠지요. 망할 년들 같으니! 물릴 때가 오긴 할 겁니다! 내가 일흔 살쯤 먹으면! … 가만있자, 그럼 얼마 안 남았네요. 여든 살쯤으로 해둡시다. 주인님, 내가 우습지요? 하지만 웃을 것까진 없어요. 사람이 자유로워지려면 다 그렇게 하는 법이니까! 혼이 날 때까지 배 속 가득히 쓸어 넣어 보는 도리밖에는 없으니까요. 금욕주의자가 되어가지고는 알 수가 없지요. 마귀한테 이기려면 반쯤, 아니 곱빼기로 마귀 노릇을 해봐야 합니다.

오대양　조르바 만세! 사내에게 죽음이란, 여자가 물리는 순간부터지. 암만.

오교수　해서, 앞으로도 계속, 연애놀음을 하시겠다구요?

오대양　죽는 그 순간까지. 정 싫으면 오교수가 대신 내 역할을 해 주던가. 윤회요 부활이 멀리 있는 게 아니거든. 아들이 아버지 자리를 채워주면 그게 바로 윤회요 부활이야.

오교수　이젠 저까지 시궁창으로 끌어들이시게요?

외박　이제 알겠습니다.

오교수 · 오대양　(본다)

외박　카잔차키스가 말한, 행동과 명상의 차이.

오교수   조르바와 버질만큼의 간극이 있지.

외박   왕할아버지와 할아버지만큼요?

오교수   어쩌면.

외박   하지만 결국 두 분은 서로 소통하게 되겠죠?

오교수   글쎄다. 거침없이 투우사를 향해 달려가는 황소와 밭갈이를 하는 황소가 소통할 수 있을까?

외박   우리 한 번 해봐요. (대본을 들어 보이며) 희랍인 조르바. (오대양에게 준다)

오대양   (대본을 넘겨보다) 옳거니. 내가 좋아하는 대목이 여깄네. 음식을 먹다보면 똥으로 내려가 없어지는 것보다는 더 많은 음식을 몸 안에 쌓아두게 됩니다. 그것들은 때론 춤을 추고 때론 노래하며 심지어 말다툼질도 하게 되지요. (외박에게 대본 준다)

외박   인간이란 얼마나 이상한 기계입니까! 빵과 술과 물고기, 홍당무 따위를 가득 먹여놓으면 그 속에서 한숨과 웃음과 꿈이 되어 쏟아져 나오잖아요. (오교수에게 준다)

오교수   (내키지 않은 척, 그러나 감정은 제대로 살리려 노력하며) 세상은 우리가 생각하는 것보다 훨씬 크고 신비로운 일로 가득하다오. 우리가 온갖 나라를 여행하고 바다를 다 횡단해봤자 우리집 문간 밖으로 코빼기도 내밀지 못한 꼴이 된다오.

외박   조르바 만세!

오교수   (외박을 힐끗 본다)

오대양 좋다. 책을 통해 손자의 아들과 통할 수 있어서 참 좋다. 이로써 내 아들과 불통의 문제는 나의 문제가 아니라 내 아들의 문제임이 증명된 셈이군.

오교수 착각은 치료약도 없답니다.

외박 할아버지!

오교수 왜?

외박 왕할아버지와 오감독님 덕분에 희랍인 조르바를 읽었고, 이렇게 팬이 됐습니다. 하지만 할아버지께서 싫어하시면 조르바 팬 하지 않겠습니다.

오교수 왜?

외박 이 집에서 제가 제일 좋아하는 분은 바로 할아버지시기 때문입니다.

오대양 무척 섭섭하구나, 증손자야. 난 니가 날 제일 좋아하는 줄 알았다.

외박 거짓말을 못해서 죄송합니다, 왕할아버지.

오교수 외박아…

외박 예, 할아버지.

오교수 실은… 나도 조르바 팬이란다.

오대양 부라보! 이로써 우리는 완벽한 조르바 '빠' 패밀리가 됐구나. (외박을 껴안으며) 우리 복덩이! 니 애비랑 할애비 장가보내고 나랑 둘이 살래?

오교수 아버지!

오대양 자고로 남잔, 여자랑 같이 살아야 철이 들거든. 추한 아내와 악한 첩도 빈 방보다는 낫다는 말도 있잖니? 여잔 혼자 살아도 남잔 혼자 살면 추해져. 니 할아버지 좀 봐라.

오교수 애 데리고 무슨 말씀 하시는 거예요?

오대양 넌 모르지? 너 요즘 부쩍 늙었어. 지나가는 이쁜 처녀한테 물어봐. 너더러 내 형이라고 그럴 걸.

오교수 그렇게 여자랑 살고 싶으시면 아버지나 결혼하세요.

외박 왕할아버지 곧 팔순 되십니다, 할아버지.

오대양 섭섭하구나, 증손자야. 팔순 영감은 남자가 아니라니? 난 죽을 때까지 포기 안 해. 못 해

오교수 어머니가 좋아하시겠네요.

오대양 흥. 40년을 바라만 보게 한 독한 여자. 나 증말 너무 외로웠다구.

외박 (다가가 손을 잡으며) 실은 저도 많이 외로웠어요, 왕할아버지…

오대양 이런… 또 동병상련. 이리와라. 안고 울자… 흑흑…

오교수 거~얼들한테 전화 돌려요? 오대양 씨 사기꾼이라고. 감정 사기꾼.

오대양 도대체 대학교 방학은 왜 이렇게 긴 거냐… 음음. 애 외박아, 넌 세상에서 뭐가 제일 두렵니?

외박 죽음요.

오대양 죽음?

외박 죽음은 단절이잖아요. 가끔 엄마가 보고 싶었어요. 하

지만 절대 이룰 수 없는 바람이었죠. 왜냐하면 엄만 돌아가셨으니까요.

오교수 사진 한 장도 없어?

외박 네. (울컥) 저 바람 좀 쐬고 올게요. (서둘러 나간다)

오교수 너무 늦지 마라. 녀석. 너무 쌓아두면 안되는데….

오대양 (혼잣말처럼) 좀 더 살아봐라. 죽음보다 무서운 게 늙음이라는 걸 깨닫게 될 게다.

오교수 지나가는 이쁜 처녀한테 물어보면 제 동생이라고 할 거라면서요?

오대양 너도 인정하냐?

오교수 (피식 웃곤) … 고마워요, 아버지.

오대양 느닷없다는 말은 이럴 때 쓰지 쉽구나.

오교수 저 알아요. 제 아버지 따로 있다는 거. 그럼에도 불구하고 어머니와 저 책임지려고 평생 혼자 사셨다는 거.

사이.

오대양 니 아버지 얘기 들은 적 있나?

오교수 어머니가 끝까지 말씀 안 해주셨어요.

오대양 내 친구였다. 맘은 내가 먼저 줬지만 고백은 녀석이 먼저 했지. 그리곤 떠나버렸고. 니 엄만, 미안해서 날 받아줄 수 없다고 하더라. 그래도, 일 년에 한 번은 봐줬어. 난 행운아야.

오교수　아버지.

오대양　평생 한 여자만 품고 사는 남자. 멋지잖냐.

오교수　조르바처럼 살고 싶어 하셨잖아요.

오대양　로망이었지. 근데 그거 아냐? 로망이 이루어지면 현실이 된다는 거. 현실이 되는 순간, 벗어나고픈 감옥이 되는 거야. 조르바는 나의 로망이야. 절대로 현실이 되어선 안 되는. (방으로 들어간다)

오교수　(착잡하다. 혼잣말로) 예, 그러네요. 제가 지금껏 이렇게 버틸 수 있었던 것도 로망을 로망으로 뒀기 때문일지도 모르겠네요.

암전.

8장. 아파트 앞 (저녁)

동주, 집에 들어가지 못하고, 홀로 서성이고 있다. 외박, 그
모습을 발견하고 머뭇거린다. 두 사람, 서로 눈이 마주친다.
어색하다. 동주, 걸어가면, 외박 뒤따라간다.
동주, 갑자기 휙 돌아서면, 외박과 얼굴이 맞닿을 뻔 한다.
외박, 얼른 뒷걸음질 친다.
그 사이, 무대 다른 쪽 공원에선 배우가 홀로 연습하고 있다.
그러다 두 부자의 모습을 훔쳐본다.

동주   쪽팔리냐?

외박   예?

동주   내가 쪽팔리냐고?

외박   아닙니다.

동주   아닙니다. 그렇습니다. 하셨습니까… 군바리 흉내 내
         지 마!

외박   (째려본다)

동주   눈 깔어!

외박   제가 쪽팔리십니까?

동주   어.

외박   제 어머니가 다방출신이라서 말입니까?

동주 어.

외박 다시는 나타나지 않겠습니다.

동주 건방진 놈. 처음부터 나타나질 말든가. 나타나고선 다시는 안 나타나겠다는 건, 협박인 거야.

외박 어째섭니까.

동주 존재를 몰랐을 땐 없는 것이 되지만, 안 이상 없는 것이 될 수 없으니까. 있는 걸 알면서 모르는 척 하라는 건, 나더러 개돼지로 살라는 거니까.

외박 그런 걸 두려워하실 분인 줄 몰랐습니다.

동주 내가 아무리 무책임한 놈이지만 사람이길 거부한 적은 없어.

외박 다행입니다. 하지만 잠시만 견디십시오. 인간의 뇌엔 망각이라는 아주 좋은 칩을 내재하고 있다잖습니까.

동주 넌 열일곱이고 미성년자야. 어른 흉내 내지 말고, 걸맞게 행동해. 반항도 하고, 원망도 하고, 투정도 부리고…

외박 날 때부터 버림받은 저로선 지나치게 사치스런 행동입니다.

동주 대놓고, '개자식' 이라 그러지 왜?

외박 개자식!

동주 뭐!

외박 취소하겠습니다.

동주 쏟은 물하고, 뱉은 말은 절대로 취소 안 되는 거 몰라!

외박 죄송합니다.

동주 두 번은 안 봐 줄 거야. 난 니 아버지고, 넌 싫어도 내 아들이니까.

외박 …!

동주 바람이 차다. (집 안으로 들어간다)

외박 (보다 뒤따라 들어간다)

배우 에고… 왜 이렇게 옆구리가 시리냐. 부러우면 지는 건데….

인간이 성취할 수 있는 가장 위대한 것은 지식도, 미덕도, 승리도 아닌 보다 영웅적이며, 보다 절망적인 것, 말하자면 세계에 대한 신선함 경외감 아닐까?

사랑 하는 이여, 이를 악물어라.
당신의 영혼이 달아나지 않게!
자신의 영혼을 시험대 위에 올려놓고
극복할 수 있는 인내와 용기를 시험해 보는 것 멋진 일이지!

이봐, 친구! 피는 물보다 진하고, 사랑은 죽음보다도 강한 걸세!

암전.

9장. 거실(오후)

외박, 오대양, 외출준비를 하고 나온다.

외박 저 떨려요, 왕할아버지. 사실 저 처음이거든요. 연극 보
는 거.

오대양 (시선을 박예쁜에게 둔 채) 떨 거 없다. 연극이 널 잡아먹
진 않을 테니.

오교수와 동주, 다른 방에서 역시 외출복 차림으로 나온다.
박예쁜을 본다.

오교수 (예쁜 씨를 의식하며) 오동주. 너 조르바를 각색한 이유가
뭐냐?

동주 (역시 의식하며) 진정한 행동주의자의 표상을 보여주고
싶었어요.

오대양 행동과 명상 중에 행동을 선택한 건 아주 잘한 선택인
것 같구나. 성직자나 목회자로 살 결심을 하지 않는 한,
우린 행동해야 해.

오교수 모두가 행동할 때 통제할 수 있는 수단도 필요하죠.

동주 행동, 실천이 따르지 않는 생각은 죽은 생각일 뿐입

니다.

오교수   책임지지 않을 행동은 죽은 생각보다 위험해.

동주   아버지!

핸드폰 벨. 모두 핸드폰을 확인한다.

동주   (전화 받으며) 예, 대표님. 저, 정말요? 정말이죠?… 감사
합니다… 걱정 마십시오. 그 작가는 제 손바닥 안에 있
습니다… 예. 그럼 내일 뵙겠습니다…넵! (핸드폰 끊는다)

오대양   광대뼈가 승천하는 걸 보니 좋은 소식이구나.

동주   오외박 나한테 감사해라. 내 덕에 작가 데뷔하게 됐으
니까.

외박   예?

동주   니가 쓴 허접한 시나리오, 내가 각색해서 영화사에 넣
었었어.

오대양   그럼, 너 다시 영화 찍는 거냐, 동주야?

동주   예, 할아버지!

오대양   너 그럼 영화도 찍고 연극도 올리는 거네?! 그런 거야!

오교수   동… (동주를 안을 듯하다 외박을 와락 안으며) 내 손자. 우
리 복덩어리…

동주   (서운해) 공은 내가 세웠는데…

오대양   (동주를 안아주며) 넌 내가 축하해주마, 내 손자야!

동주   고마워요, 할아버지. (오교수에게) 제가 행동하지 않았다

면 이런 결과가 가능했을까요, 아버지?

오교수 난 다만 행동중심적인 인물에게도 신중함이 필요하다는 걸 말하고 싶었을 뿐이다.

동주 아버진 지나치게 신중하다는 게 문제잖아요.

오대양 니 아버진 누구보다 행동주의자야. 너만 아니었으면 어느 오지를 탐험하고 있었을 게다, 지금.

오교수 고맙습니다. 아버지.

외박 할아버지, 제가 친아버지를 찾아온 건 행동입니까? 명상입니까?

오교수 당연히 행동이지. 아주 잘한 행동.

네 남자 같이 조르바 춤을 추면서.

막.

한국 희곡 명작선 24

조르바 '빠' 들의 불편한 동거

초판 1쇄 인쇄일   2019년 1월 16일
초판 1쇄 발행일   2019년 1월 25일

지 은 이   국민성
만 든 이   이정옥
만 든 곳   평민사
           서울시 은평구 수색로 340 [202호]
           전화: (02) 375-8571(代)
           팩스: (02) 375-8573
           http://blog.naver.com/pyung1976
           이메일 pyung1976@naver.com
등록번호   제251-2015-000102호
 정 가   6,000원

 ※ 이 책은 사단법인 한국극작가협회가 한국문화예술위
    2019년 제2회 극작엑스포 지원금을 받아 출간하였습니다.